Manuela Städele, italienische Bayerin, die in Köln wohnt und mit bunten Bildern Büchern ein Gesicht gibt.

Mathias Siebel, kölsche Jung, nie wirklich weg gewesen, der mit seinen Texten Büchern eine Stimme gibt.

Dieser Titel ist auch als E-Book erschienen

Eichborn Verlag in der Bastei Lübbe AG

Originalausgabe



Text- und Bildredaktion: Stefan Lutterbüse

Umschlaggestaltung: Manuela Städele, Köln

Einband-/Umschlagmotiv: Manuela Städele unter Verwendung von Motiven von Shutterstock

Satz: Manuela Städele, Köln

Druck und Einband: Himmer AG, Augsburg

Printed in Germany

ISBN 978-3-978-3-8479-0547-9

5 4 3 2 1

Sie finden uns im Internet unter www.eichborn.de

Bitte beachten Sie auch www.luebbe.de

MANUELA STÄDELE, MATHIAS SIEBEL

# WERKE DER WELTLITERATUR AUFS ÄUSSERSTE GEKÜRZT

eichborn

Bei der nächsten Gelegenheit
bitte wenden!

## HOMER: »DIE ODYSSEE«

Werke der Weltliteratur aufs
Äußerste gekürzt

Im Folgenden wird es fast aus
schließlich um Wörter und Bilder gehen
Und doch wollen wir mit einigen Zahlen be
ginnen. Das Bundesamt für Statistik hat uns mi
Informationen versorgt, die geradezu erschütternd sind
**Halten Sie sich fest. Oder besser, setzen Sie sich hin**
Jetzt kommt's: Im Durchschnitt liest der Bundesbürger pro Tag
45 Minuten. Ist doch ganz ordentlich, denken Sie? Dachten wir auch
Zu kurz gedacht! Die Annahme, dass es sich dabei ausschließlich um die Lektüre von
Büchern handelt, ist falsch. 22 Leseminuten gehen für Zeitungen drauf, 5 Minuten
für Zeitschriften, 10 Minuten für Bedienungsanleitungen, Werbetafeln, Speisekarten
Fahrpläne, Grabsteine, Untertitel, Verkehrsschilder, usw. usf. Bleiben für Bücher summa
summarum exakt 8 Minuten pro Tag. **Was für eine ernüchternde Zahl**

Wir haben versucht sie hochzurechnen und senken peinlich berührt unseren hochroten
Kopf. Gerade einmal 22 Bücher hat der durchschnittliche Leser im Leben gelesen
**Er sollte sich im Grabe rumdrehen und schämen**

Glauben wir, dass wir ihn ändern können, den Durchschnittsleser? Haben wir deshalb dieses Buch hier geschrieben? Nö. Dafür sind wir zu realistisch und auch zu faul. Hoffen wir, durch die äußerste Verdichtung der Werke dem faulen Leser ein Höchstmaß an Literatur zu vermitteln? Jein. Das wäre natürlich toll, aber sind wir ehrlich, viel Wissen kann man aus unserem Buch nicht ziehen. Tja, es ist wohl an der Zeit mit der Wahrheit rauszurücken. Es gibt nur einen Grund für dieses Buch. Den Spaß, den wir beim Recherchieren, Konzipieren, Gestalten und Texten hatten. Sie hinterfragen die Titelauswahl? Warum wir den einen Autor berücksichtigt haben und einen anderen nicht? Ob der Kanon ausgewogen ist? Auch auf diese Fragen gibt es eine einfache Antwort:
**Reine Willkür**

Was hab ich denn dann verdammt noch mal von dem Buch? Wir hoffen auch ein bisschen Freude. Freude an den hoffentlich originellen Texten und der kreativen Gestaltung. Sollten Sie ein Durchschnittsleser sein (ist kein Vorwurf) kennen sie ja maximal 22 der in diesem Buch vorgestellten Werke. Vielleicht machen die Gestaltung und der Text Sie ja neugierig auf mehr. Wenn wir es schaffen, dass Sie aufgrund unseres Buchs eines der Bücher lesen, die wir hier vorstellen, wäre das großartig.
In diesem Sinne – viel Spaß beim Blättern.

HOMER
ODYSSEE
8. JHD. V. CHR.

Bei
nächsten
der
Gelegenheit
bitte
Wenden!

JULIUS CAESAR
DIE GALLISCHEN KRIEGE
52 V. CHR

# DIE SPINNEN die GALLIER!

MALLANAGA VATSYAYANA
KAMASUTRA
350 N. CHR.

# HALTET DIE STELLUNG

DIE BIBEL
ERZÄHLUNGEN
10. JHD. V CHR. -
2. JHD. NACH CHR.

GO†† OH GO††

NIEBELUNGENLIED
1200 CHR.

# DU Kriemhild, WO WAR JETZT NOCHMAL SIGGIS LINDENBLATT?

WILLIAM SHAKESPEARE
HAMLET
1600

WIE GENAU
WAR DOCH GLEICH
DIE FRAGE?

MIGUEL DE CERVANTES
SAAVEDRA
DON QUIXOTE
1605

TRAURIG, WIE DIESE
GESTALT GEGEN
INDMÜHLEN KÄMPFT!

DANIEL DEFOE
ROBINSON CRUSOE
1719

MONTAG DIENSTAG
MITTWOCH DONNERSTAG
ENDLICH,
FREITAG!

GIACOMO GIROLAMO
CASANOVA
1787

ICH
HATTE SIE
Alle

FRIEDRICH VON SCHILLER
DIE GLOCKE
1799

OCH GEGRABEN
RONZE DRIN,

LOCKE FERTIG,

GEBRÜDER GRIMM
KINDER UND HAUSMÄRCHEN
1812-15

# Und wenn sie nicht gestorben sind …

JANE AUSTEN

STOLZ UND VORURTEIL

1813

er liebt mich,
er liebt mich nicht
er liebt mich,
er liebt mich nicht
ER LIEBT MICH!

JOHANN WOLFGANG
VON GOETHE
FAUST
DER TRAGÖDIE ERSTER TEIL
1808

# STREBEN
# STREBEN
streben
streben
**streben**
# Sterben –
EINFACH
# TEUFLISCH

VICTOR HUGO
DER GLÖCKNER VON
NOTRE DAME
1831

LUSTIG IST DAS ZIGEUNERLEBEN,
FARIA, FARIA, HO!

HEINRICH HOFFMANN
DER STRUWWELPETER
1845

Bad Hair Day
ODER
STRAFE MUSS SEIN

EDGAR ALLAN POE
DER RABE
1848

ETWAS EINSILBIG,
DER GUTE

HERMAN MELVILLE
MOBY DICK
1851

Irgendwo hat die Geschichte
doch einen Haken

LEWIS CARROLL
ALICE IM WUNDERLAND
1865

Wann
wurde nochmal
AliCe D.
erfunden?

JULES VERNE
20.000 MEILEN UNTER
DEM MEER
1873

FINDET NEMO!

ROBERT LOUIS STEVENSON

DER SELTSAME FALL DES DR. JEKYLL UND MR. HYDE

1886

Na, wie geht es
UNS
denn heute?

THEODOR STORM
DER SCHIMMELREITER
1888

AM ENDE
HAT ER SICH GANZ SCHÖN
REINGERITTEN

ARTHUR CANON DOYLE
SHERLOCK HOLMES
1891

# KOMBINIERE

RAINER MARIA RILKE
DER PANTHER
1902

EIGENTLICH KEIN STABREIM! ABER IRGENDWIE SCHON

SELMA LAGERLÖFF
DIE WUNDERBARE REISE DES
KLEINEN NILS HOLGERSSON
MIT DEN WILDGÄNSEN
1906

# Flieg MARTIN flieg!

# ...SONST GIBT es GÄNSEBRATEN

GEORG BÜCHNER
WOYZECK
1913

MAG MAN AUCH
100 ERBSEN
NEHMEN, MAN HAT
DOCH NUR
1 GERICHT!

MARCEL PROUST
AUF DER SUCHE NACH
DER VERLORENEN ZEIT
1913-27

Wer
hat
an der
UHR
gedreht?

FRANZ KAFKA
DIE VERWANDLUNG
1915

La cucaracha, la cucaracha ya no puede caminar

F. SCOTT FITZGERALD
THE GREAT GETSBY
1925

Don't drink and drive

ALBERT CAMUS
DER FREMDE
1942

MIR DOCH
EGAL!

GEORGE ORWELL
FARM DER TIERE
1945

# WAS IST DAS DENN FÜR EINE *Riesensauerei?*

ARTHUR MILLER
DER TOD DES HAND-
LUNGSREISENDEN
1949

ER AMERIKANISCHE
ALPTRAUM

J. D. SALINGER
DER FÄNGER IM ROGGEN
1951

WERD ENDLICH
ERWACHSEN!

SAMUEL BECKETT
WARTEN AUF GODOT
1952

DAS IST
DOCH
ABSURDES
THEATER

FRIEDRICH DÜRRENMATT
DER RICHTER
UND SEIN HENKER
1952

DAS perfekte
Verbrechen
oder?

ERNEST HEMINGWAY
DER ALTE MANN
UND DAS MEER
1952

Auch ein
alter Mann
UND EIN
MEER
ABER
irgendwie doch
ganz
ANDERS

RAY BRADBURY
FAHRENHEIT 451
1953

MANCHE MÖGEN’S HEISS
°C
50
40
30
20
10
0

VLADIMIR NABOKOV
LOLITA
1955

Und die Moral von der Geschicht? …gibt es leider nicht!

ANTHONY BURGESS
A CLOCKWORK ORANGE
1962

MILCH
macht müde
Männer
munter

KEN KESEY
EINER FLOG ÜBERS
KUCKUCKSNEST
1962

GANZ schön
VERRÜCKT
ODER??!?

MARIO PUZO
DER PATE
1969

KEINE HAND
WÄSCHT DIE
ANDERE

HEINRICH BÖLL
DIE VERLORENE EHRE
DER KATHARINA BLUM
1974

PATRICK SÜSKIND
DAS PARFUM
1985

# Es liegt was in der Luft

JOANNE K. ROWLING
HARRY POTTER
1997-2007

R, DESSEN NAME HIER NICHT GENANNT WERDEN DÜRFTE,
NSERER MEINUNG NACH ABER TROTZDEM DAZU GEHÖRT.